1866. 15 Décembre

CATALOGUE

DE

DESSINS, AQUARELLES

GRAVURES

Des différentes Écoles

DONT LA VENTE AURA LIEU

HOTEL DROUOT

SALLE N° 4

Le Samedi 15 Décembre 1866, à deux heures.

Par le ministère de Mᵉ ESCRIBE, Commissaire-Priseur,
rue Saint-Honoré, 217,

Assisté de **M. HORSIN DÉON**, Peintre, rue des Moulins, 15,

Chez lesquels se délivre le présent Catalogue.

EXPOSITION PUBLIQUE

Le Vendredi 14 Décembre 1866, de une heure à cinq heures.

PARIS

RENOU & MAULDE

IMPRIMEURS DE LA COMPAGNIE DES COMMISSAIRES-PRISEURS

Rue de Rivoli, 144

1866

CATALOGUE

DE

DESSINS, AQUARELLES

GRAVURES

Des différentes Écoles.

DONT LA VENTE AURA LIEU

HOTEL DROUOT

SALLE N° 4

Le Samedi 15 Décembre 1866, à deux heures.

Par le ministère de Me **ESCRIBE**, Commissaire-Priseur,
rue Saint-Honoré, 217,

Assisté de **M. HORSIN DÉON**, Peintre, rue des Moulins, 15,

Chez lesquels se délivre le présent Catalogue.

EXPOSITION PUBLIQUE

Le Vendredi 14 Décembre 1866, de une heure à cinq heures.

PARIS

RENOU & MAULDE

IMPRIMEURS DE LA COMPAGNIE DES COMMISSAIRES-PRISEURS
Rue de Rivoli, 144

—

1866

CONDITIONS DE LA VENTE.

Elle sera faite au comptant.

Les Acquéreurs paieront CINQ pour CENT en sus du prix d'adjudication.

L'Exposition mettant les Acquéreurs à même de se rendre compte de l'état des Objets, il ne sera reçu aucune récla_mation après l'adjudication prononcée.

DÉSIGNATION

DESSINS & AQUARELLES

1 — TROYON (Signé). Paysage boisé.

Il est traversé par un courant d'eau, que deux femmes, l'une montée sur un âne, l'autre, accompagnée d'un enfant, s'apprêtent à passer à gué.

(Aquarelle des meilleures du maître.)

2 — HORACE VERNET (Signé). Un Frère ignorantin.

(Estompe et mine de plomb.)

3 — RUBENS. Femme empoisonnant un serpent. — (Trois crayons, papier teinté.)

4 — EUG. DELACROIX. Femme au bain. — (Encre de Chine.)

5 — EUG. DELACROIX. Dix pièces, croquis et études de personnages orientaux. — (Plume et aquarelle.)

6 — ALF. DE DREUX. Un Cavalier.

7 —   —   Chevaux en liberté.

(Mine de plomb).

8 — PARROCEL. Grande Revue de la paix en 1745.

Dessin à la plume librement exécuté. Il forme une longue suite de feuillets réunis en forme de frise.

9 — DOUSSAULT (C.). Ruines romaines. — (Aquarelle.)

10 — TH. FORT. Chevaux en liberté. — (Aquarelle.)

11 — HARPIGNIES (H). Le Maître d'école. — (Aquarelle.)

12 — **HOUEL** (J.). Une Femme. — (Aux deux crayons, papier teinté.)

13 — **JOSEPH VERNET.** Deux Etudes. Figures de Matelots. (Encre de Chine.)

14 — **LOUIS MOREAU.** Paysage. Marine. — (Aquarelle.)

15 — **LOUIS MOREAU.** Paysage avec pont. — (Aquarelle.)

16 — **LOUIS MOREAU.** Une Plage. — (Aquarelle.)

17 — **BOUCHER.** Tête d'homme. — (Aux deux crayons, papier teinté.)

18 — **BOUCHER.** Femme et Enfant. — (Deux crayons, papier bleu.)

19 — **MOREAU LE JEUNE.** Etude de Femme. — (Crayon noir.)

20 — **BELLET.** Deux Paysages. — (Estompe relevée de pastel.)

21 — **DONABELLA.** Paysage. — (Plume.)

22 — **ANDRÉ DEL SARTE** (Attribué à). Sainte Famille. (Sanguine.)

23 — **VAN DE VELDE.** Paysage-Marine. — (Plume.)

24 — **FRAGONARD.** Jeune Fille et jeune Garçon. — (Sépia.)

25 — **POUSSIN** (N.). Junon et Borée. — (Plume et encre de Chine.)

26 — **VAN BALEN.** Figure allégorique. — Pierre d'Italie et sanguine)

27 — CARLE MARATTE. Le Mariage de la Vierge. — (Pierre d'Italie.)

28 — GUERCHIN. Croquis. — (Sanguine.)

29 — CHATELET. Paysage. (Sépia.)

30 — LUCA GIORDANO. Les Disciples d'Emmaüs. (Sanguine.)

31 —CARESME. Jeune Femme à la promenade. (Aquarelle.)

32 — CARESME. Récréation champêtre. (Aquarelle.)

33 — TINTORET. L'Assomption. (Plume et sépia.)

34 — SERVANDONI. Intérieur de palais. (Aquarelle.)

35 — VAN GUELDRE. Méléagre apportant la tête du sanglier. (Plume et sépia.)

36 — RIVALS (A.). Bataille. (Plume.)

37 — FALCONE. Choc de cavalerie. (Plume et encre de Chine.)

38 — BREUGHEL. Paysage et Ville. (Plume et sépia.)

39 — CARRACHE. Paysage.   id.

40 — LE SUEUR (Attribué à). Sujet inconnu. (Plume et bistre.)

41 — MICHEL CORNEILLE. La Chananéenne. (Sanguine.)

42 — GOLTZIUS. Bellone. (Plume.)

43 — VAN DER MEULEN. La Bataille de Fontenoy (Crayon et encre de Chine.)

44 — **PH. NAPOLITAIN.** Un Ouvrier. (Aux trois crayons.)

45 — **ECOLE FLORENTINE**. Descente de Croix. (Plume et sépia.)

46 — **LECHAUCOURTOIS.** Intérieur de ville en Italie. (Sépia.)

47 — **PAUL VÉRONÈSE.** Baptême de Jésus. (Plume et encre de Chine)

48 — **SÉBASTIEN LECLERC.** Un Feu d'artifice. (Plume et encre de Chine.)

49 — **SÉBASTIEN LECLERC.** Intérieur de ville. (Plume et encre de Chine.)

50 — **BERGHEM.** Paysage. (Plume et sépia.)

51 — **DIVERS.** Vingt-quatre dessins divers.

52 — **DELARUE.** Triomphe de Bacchus. (Plume et sépia.)

53 — **DELARUE.** Amours sacrifiant au dieu Pan. (Plume sépia.)

53 *bis* — **PLASSAN.** Soixante-neuf dessins, paysages. (Fusain.)

54 — **ÉCOLE ITALIENNE.** Etude d'homme drapé. (Pierre d'Italie relevée de blanc.)

55 — **JACOTT (J.). 1853).** (Jésus crucifié. (Estompe et crayon noir.)

56 — **A. T. F.** (Signé). Marine. (Aquarelle.)

57 — **VAN DICK** (Attribué à). Deux portraits.

58 — **GUERCHIN.** Allégorie. (Sanguine.)

59 — **LUCA GIORDANO.** Des Enfants. (Sanguine.)

60 — **INCONNU.** Femme tressant ses cheveux.

61 — **NICOLE**, **GOSSIN** et **AUTRES.** Six Dessins. (Plume et sépia.)

62 — **ENFANTIN.** Étude d'arbres (Aquarelle.)

63 — **LALESSE.** Portrait du général Moreau. (Mine de plomb.)

64 — **E. LAMY.** Un Cuirassier. (Plume.)

65 — **HENRY MONIER.** Un Liseur de gazette. (Plume.)

66 — **E. BÉRAT.** Une Charge. (Plume.)

67 — **ID.** Id. (Aquarelle.)

68 — **GUÉRARD.** Étude de jeune femme. (Crayon noir.)

69 — **ID.** Id. Id.

70 — **DIVERS.** 15 Pièces. Dessins modernes.

71 — **ID.** 16 Pièces. Croquis de portraits par différents maîtres du temps de Louis XIV et Louis XV.

72 — **ID.** 16 Études de mains, du même temps.

73 — **ID.** 17 Etudes de draperies, id.

74 — **ID.** 11 Dessins des écoles anciennes.

75 — 6 Croquis, genre de Saint-Aubin et autres.

76 — 32 Dessins des anciennes écoles.

77 — 19 Id.

78 — 14 Id.

79 — 20 Croquis et Dessins modernes.

80 — 14 Croquis, par Demarne et autres.

81 — 2 Dessins, genre de **J. Romain**, et un paysage.

82 — **B. S.** (Signé). Paysage. (Mine de plomb.)

83 — **INCONNU.** Des Prisonniers russes. (Mine de plomb.)

84 — **EISEN** et **HUET.** Deux petits Dessins.

85 — **DIVERS.** Trois petits Paysages.

86 — **ID.** Trois Paysages. (Aquarelles.)

87 — **ID.** Intérieur, scène de famille. (Gouache.)

88 — **ID.** Quatre Gouaches, Ruines romaines.

89 — **ID.** Paysage et Marine. (Gouache et Aquarelle.)

90 — **PARMESAN.** Sujet mystique. (Papier teinté, crayon noir.)

91 — **ÉCOLE FRANÇAISE.** Sujet galant. (Pierre d'Italie.)

92 — **PAUL DE LA ROCHE** (Attribué à). Henri III et sa cour.

93 — **INCONNU.** Deux petits Paysages. Effet de jour, effet de nuit.

94 — **EISEN.** Trois sujets orientaux. (Mine de plomb.)

95 — **GRAVELOT.** Quatre vignettes et un petit portrait. (Plume et sépia.)

96 — **DIVERS.** Album de dessins modernes. Eug. Delacroix, Antonin Moyne, Hostein et autres.

97 — **FRITZ MILLET.** Une Mère et son Enfant. (Aquarelle.)

98 — **A. MASSÉ.** Intérieur du moyen âge. (Aquarelle.)

99 — **EUG. LACOSTE.** Pifferari. (Sépia.)

100 — **TRANCART.** Paysage et Marine. (Deux aquarelles.)

101 — **MAROHN.** Deux Paysages. (Mine de plomb.)

102 — **MAROHN** et **DESMOULINS.** Portrait et Intérieur d'atelier. (Aquarelle et sépia.)

103 — **BOUCHER.** La Petite Moissonneuse. (Sanguine.)

104 — **ÉCOLE FRANÇAISE.** Le Triomphe de Galatée. (Crayon noir.)

105 — **DECAMPS.** Deux Paysages. (Crayon noir relevé de blanc.)

106 — **BREUGHEL** (Genre de). Les Travaux de l'Automne. (Gouache.)

107 — **PRUD'HON.** Étude académique de jeune fille. (Estompe.)

108 — **EVERDINGEN** (Van). Paysage. (Sanguine.)

GRAVURES

109 — **MIGNARD** (D'après). Portrait du duc d'Harcourt, gravé par Masson.

110 — **TAUNAY** (D'après). La Noce et la Foire de village.

111 — **BAUDOUIN** (D'après). Sujets galants, gravés par Simonet, de Launay, et G. de Hendt.

112 — **COYPEL, WILLE** (D'après). 2 pièces, gravées par Bernard Picart et Voyer.

113 — **DIVERS.** 19 Pièces. Eaux-fortes par des maîtres modernes.

114 — **DIAZ** (D'après). 15 gravures.

115 — **DIVERS.** Suite de 41 paysages.

116 — **RIGAUD, LEFEVRE, AVED,** etc. 9 Portraits.

117 — **DIVERS.** 23 Portraits d'artistes et autres,

118 — D'après le **POUSSIN** et quelques autres. 6 Sujets.

119 — **JEAN LUIKEN.** 12 Gravures relatives à la persécution des protestants.

120 — **T. V. VELDE,** 7 Pièces d'après Rembrandt et autres.

121 — **GIRODET** (D'après). Grande pièce avant la lettre, et 9 autres p.

122 — **MOREAU LE JEUNE.** 5 Vignettes sous verre

123 — **ALBANE** (D'après). Les quatre Élements. 4 Pièces. Une Piéce d'après Wleughels.

124 — **LEBRUN.** 8 Pièces. Batailles d'Alexandre, gravées par Audran.

125 — **RESTOUT, LEMOINE** (D'après). Jacob et Laban, Jacob et Rachel, gr. par Cochin.

126 — **BOUCHER** (D'après). Deux Paysages, gravés par Lebas.

127 — **COCHIN FILS** (D'après). Deux sujets de l'histoire grecque, gravés par Lucien.

128 — **INCONNU.** 3 petites gravures en couleur.

129 — **NICOLE** (Genre de). 2 Pièces. Des Ruines.

130 — 4 Gravures dont une en couleur.

131 — **GREUZE** (D'après). La Dame de Charité, gr. par Massard.

132 — **JOHANNOT** (D'après). 2 grandes gravures. Sujets tirés de Walter-Scott.

133 — Fastes de Napoléon Ier, par Andrea Appiani, gravé par divers maîtres italiens. (1 vol.)

134 — Portefeuille de gravures des différentes Écoles.

135 — **DIVERS.** Une Gravure en couleur et une lithographie.

136 — **DIVERS.** Album de gravures et de dessins.

MINIATURES

137 — Portrait de Desbordes, le peintre. (Ivoire.)

138 — Deux portraits d'homme et de femme. (Ivoire.)

139 — **BAUDOUIN** (D'après). Le Rendez-Vous. (Ivoire.)

140 — Tête de Saint. Miniature à l'huile.

141 — Deux portraits d'homme et de femme. (Ivoire.)

142 — Paysage et Marine. (Fixés.)

143 — La Vierge, l'Enfant et deux Anges. (Vélin.)

144 — Scène de cabaret. (Ivoire.)

OBJETS DIVERS

145 — Quelques Assignats.

146 — Portrait d'Homme. (Cire.)

147 — Deux Dessins chinois.

148 — Un Cadre : médaillons des rois de France.

Renou et Maulde, imprimeurs de la Compagnie des Commissaires-Priseurs
rue de Rivoli, 144.

www.ingramcontent.com/pod-product-compliance
Lightning Source LLC
LaVergne TN
LVHW021619170726
843501LV00010B/4055